AF202601

Es gibt kaum Menschen,
die Katzen nicht lieben,
sondern nur Menschen,
die Katzen nicht kennen.

Gina Weber

Kater Theo
und Konsorten

Unglaublich wahre Geschichten
erzählt von Katzen und ihrem Personal

© 2018 Gina Weber

Verlag: tredition GmbH, Hamburg

ISBN

Paperback: 978-3-7469-0770-3
Hardcover: 978-3-7469-0771-0
e-Book: 978-3-7469-0772-7

Inhalt

Vorspiel auf dem Katzentheater

Oder: hilfreiche Tipps für den Umgang mit den Samtpfoten

Dieses Buch kann vielleicht dazu beitragen, Menschen, die sich ohne Erfahrung auf das Zusammenleben mit Katzen einlassen, die Welt dieser wunderbaren Tiere zu eröffnen. Eventuell sogar helfen, Fehler aus Unwissenheit zu vermeiden und schließlich, die geheimnisvollen Gefährten besser zu verstehen.

Sind sie ein Katzenmensch? Wenn Sie dies mit einem klaren Ja beantworten können, hat es Sinn über die Anschaffung einer Katze nachzudenken.

Möchten Sie, dass das Tier sich Ihnen unterordnet, auf Befehle gehorcht und immer an den Augen seines Herrchens bzw. Frauchens hängt, dann sind Sie eher ein Hundemensch. Wenn das nicht der Fall ist, lesen Sie bitte weiter!

Die erste Frage, bevor ein Stubentiger ins Haus kommen soll, lautet: woher nehmen?

Sinnvoll und barmherzig ist es, ein Tier aus dem Heim zu befreien. Das verlangt natürlich von dem neuen Besitzer viel Verständnis und Einfühlungsvermögen.

Abgesehen davon, dass jede Katze eine Persönlichkeit ist, hat man es hier schon mit ausgeprägten Charakteren zu tun. Diese Tiere haben sich in der ganz speziellen Konstellation mit ihren ehemaligen Besitzern entwickelt.

Ein Erziehen ist bei Katzen nur sehr bedingt möglich. Es kann vorkommen, dass sie aufgrund der neuen Situation nicht mehr stubenrein sind oder ihre Krallen allzu häufig einsetzen. Geduldig muss man nun herausfinden, was ihnen nicht passt, um es möglichst zu verändern.

Sehr viel Freude macht die Aufzucht von jungen Katzen. Im Alter von

8-10 Wochen kann man sie von der Mutter trennen. In dieser Zeit haben sie schon viel gelernt. Sie können feste Nahrung aufnehmen, benutzen die Katzentoilette und wenn sie auf dem Land groß geworden sind, können sie auch Mäuse fangen.

In beiden Fällen ist es ratsam, sie Schritt für Schritt an ihre neue Umgebung zu gewöhnen. Sollen sie einmal Freigänger werden, ist es unabdingbar, sie zuerst einmal an das Haus zu binden. Vier Wochen strikte Haltung ausschließlich im Haus ist zu empfehlen.

Dann erst sollte man kleine Ausflüge in die nähere Umgebung beobachtend begleiten. Bewährt hat sich die Belohnung der Wiederkehr mit einem Leckerli. Das sorgt auch für den Erfolg, wenn es später darum geht, die Katze zu rufen.

Eine alte Bauernweisheit sagt: „Wenn die Katze einmal ins Ofenloch geschaut hat, dann bleibt sie auf dem Hof". Wichtig ist auch, dass die Katze mittels einer Klappe oder Ähnlichem immer die Möglichkeit zur Flucht, z.B. vor Hunden hat.

Im Haus sollte die Katzentoilette stets frei zugänglich sein, ebenfalls das Fressen und Wasser.

Milch bekommt den Katzen nicht, sie können keine Lactose vertragen. Wer ihnen trotzdem einen Genuss verschaffen will, kann spezielle Katzenmilch anbieten. Das übliche Dosenfutter enthält alle lebensnotwendigen Inhaltsstoffe.

Allerdings kann es auch Unverträglichkeiten geben. Ebenso ist zu beachten, dass es hier bestimmte Vorlieben geben kann. Etwas Abwechslung auf dem Speiseplan ist immer willkommen. Man kann natürlich auch für die Tiere kochen. Abgesehen vom hohen Zeitaufwand, kommt es hier darauf an, das Futter, so zu „komponieren", dass es an nichts fehlt. Trockenfutter sollte man nur als Ergänzung geben und das Wasser dazu nicht vergessen.

Einen Schlafplatz kann man der Katze anbieten, z.B. eine Höhle oder einen hohen Korb. Man wird aber bald merken, dass sie sich ihre Lieblingsplätze selbst sucht und diese auch wechselt. Hier sollte man möglichst keinen Zwang ausüben. Erhöhte, warme Plätze werden bevorzugt. Doch auch das kann morgen schon wieder ganz anders sein.

Nicht immer ist die Katze zum Kuscheln aufgelegt. Manche Tiere haben es nie erlebt, mit ihrem Besitzer zu schmusen. Es ist ratsam, die Tiere nicht zu bedrängen. Oft gehen die Signale von dem Tier selbst aus. Dann allerdings kann man die Situation ausnutzen und dem Tier zeigen: Ich mag dich!

So ist mir schon häufiger aufgefallen, dass sich Katzen aus einer Runde von Menschen denjenigen aussuchen, der sie am wenigsten beachtet. Sie ergreifen die Initiative. Ein wenig anders verhält es sich beim Kontakt mit Kindern.

Aber das ist ein weites Feld.

Katzen werden bereits mit ca. zehn Monaten geschlechtsreif, Kater etwa mit eineinhalb Jahren. Bei Freigängern muss man sich spätestens dann entscheiden, wie das Leben der Tiere aussehen soll.

Es ist wunderschön, kleine Katzen aufzuziehen. Es bringt viel Freude und auch viel Aufregung mit sich. Eine Kastration hingegen verändert das Verhalten der Tiere stark. Sie schließen sich mehr dem Besitzer an und ziehen auch nicht so große Kreise. Bei nicht kastrierten, männlichen Tieren kommt noch hinzu, dass sie manchmal wochenlang auf der Brautschau sind und das mehrmals im Jahr. Außerdem erleiden sie oft Blessuren bei den Kämpfen mit den anderen Katern. Ausgefranste Ohren sind dabei noch das geringste Übel. Also: gut überlegen!

Für freilaufende Katzen ist eine Impfung gegen Tollwut, Katzenschnupfen und Katzenseuche dringend zu empfehlen. Sie wird vorgenommen, wenn das Kleine von der Mutter getrennt wurde, also keine Muttermilch mehr bekommt. Im ersten Jahr erfolgt die Immunisierung in zwei Etappen, dann wird sie jährlich einmal aufgefrischt.

Obwohl die Tierärzte eine regelmässige Entwurmung anraten, plädiere ich dafür, dies nur wenn nötig zu tun. Ein aufmerksamer Katzenhalter bemerkt, wenn die Katze abnimmt, auch zeigen sich die Würmer gelegentlich am After. So erspart man den Tieren unnötige Medikamente. Ähnlich halte ich es mit der Flohbekämpfung. Beim regelmässigen Kämmen mit einem Flohkamm findet man die Plagegeister und braucht die Tiere nicht mit den aggressiven Flohmitteln zu besprühen. Nur, wenn ich der Plage gar nicht Herr werde, wende ich Flohmittel an.

Wenn man seine Tiere kennt und gut beobachtet, muss man nicht wegen jeder Kleinigkeit zum Tierarzt fahren. Sehr oft helfen sie sich selbst und wissen am besten, was in diesem Moment gerade gut für sie ist. Der Stress, den die Fahrt, Wartezimmer und Behandlung für die Katze bedeuten, ist nicht zu unterschätzen.

So haben wir z.B. die Erfahrung gemacht, dass Brüche meistens gut verheilen, wenn man die Tiere machen lässt. Zwei unserer Katzen wurden angefahren und hatten Brüche im Hüftbereich, sodass sie nur noch die Vorderpfoten benutzen konnten. Sie zogen sich zurück, wie das bei stark beeinträchtigten Katzen der Fall ist. Wir haben sie mit Futter versorgt. Nach einiger Zeit erholten sie sich langsam. Heute merkt man ihnen den Unfall kaum noch an.

Zu dieser Verfahrensweise bewogen hat uns folgendes:

Unsere Stammutter Paula brach

sich das Bein. Überängstlich und unerfahren, wie wir damals waren, riefen wir den Tierarzt. Als sie mit dem Gips überhaupt nicht zurechtkam, mussten wir ihn wieder entfernen lassen.

Das alles soll kein Plädoyer gegen die Tierärzte sein, im Gegenteil! Die Tierärzte unseres Vertrauens sagen immer, wenn Frau W. kommt, ist es etwas Ernstes. So konnten sie schon in einigen kritischen Fällen sehr gut helfen.

Übrigens Katzen kotzen! Das ist ganz normal. Sie fressen Gras, um die beim Putzen geschluckten Haare zu erbrechen. Oft tun sie es im Garten, aber es kann auch mal auf dem Teppich sein. Auch hier merkt man Unregelmäßigkeiten, die andere Ursachen haben sofort.

Irgendwann kommt auch einmal der Zeitpunkt, von seinem Tier Abschied zu nehmen. Ist es schon länger krank und wie es heißt: „austherapiert", stellt sich die Frage: Wie gehe ich damit um? Hierbei sollte das Wohl der Katze immer im Vordergrund stehen. Es gibt Tiere, deren Schlafbedürfnis stark zunimmt. Sie ziehen sich in eine geschützte dunkle Ecke zurück, fressen weniger oder gar nicht mehr.

Jedoch scheinen sie nicht zu leiden und freuen sich über Zuwendung und Nähe.

Diesen Tieren sollte man ein schönes Nest herrichten und sie spüren lassen, dass man für sie da ist. So kann man sich würdevoll verabschieden.

Es gibt leider auch Fälle, deren Verlauf dramatischer ist, wo die Katzen sich quälen. Hier kann nur der Tierarzt durch Einschläfern helfen.

Unterm Strich überwiegen natürlich die vielen schönen Momente, die durch das Zusammenleben mit diesen wunderbaren Tieren unvergesslich sind.

Nun aber zu den w a h r e n
Geschichten, erzählt von den Katzen
selbst und von der Türöffnerin!

Reinkarnation in Brandenburg

Vor vielen Jahren zogen wir aufs Land. Ich wollte in der Erde wühlen und damit den Frust des Arbeitsalltags überwinden.

Wir landeten in einem entlegenen Ort in Brandenburg. Niemand im Dorf hatte damals Interesse an dem alten Feldsteinhaus, von dem nur noch die Außenmauern intakt waren.

Alle beäugten uns skeptisch und fanden es irgendwie seltsam, was wir uns da vorgenommen hatten.

Damals waren wir die ersten Berliner im Dorf.

Die Hilfsbereitschaft war groß und auch die Neugierde.

Besonders nett wurden wir von unseren Nachbarn aufgenommen. Sie arbeiteten, wie die meisten im Dorf, bei der LPG. Außerdem bewirtschafteten sie privat eine kleine Fläche. Auf ihrem Hof tummelten sich Bullen, Schweine, Enten, Hühner und Hunde.

Vorsichtig ausgedrückt könnte man sagen, es sah in Haus und Hof etwas wild aus.

Aber sie hatten das Herz auf dem rechten Fleck und halfen, wo sie konnten.

Natürlich wurde auch noch hausgeschlachtet. Nicht nur Hühner und Enten mussten daran glauben. Einige Male wurden wir auch durch lautes Schweinegequieke geweckt. Dann ging es einer Sau an den Kragen.

Zum Schlachtefrühstück wurden wir eingeladen, denn „wenn die Sau am Haken hängt, wird der Erste eingeschenkt!" Abends beim Schlachtefest gab es Schnaps und Schweinisches bis zum Abwinken.

Ja, sie konnten hart arbeiten und auch heftig feiern.

Die Bäuerin starb leider sehr früh an einer heimtückischen Krankheit.

Hugo überlebte sie um einige Jahre. Nicht sehr groß war er, hatte krumme Beine, die immer in riesigen Stiefeln steckten. Sein Haar war bis ins hohe Alter tiefschwarz und stets etwas zerzaust, um nicht zu sagen ungekämmt.

Er konnte so manche Anekdote aus dem Dorfleben erzählen, aber auch Wissenswertes aus vielen Gebieten erfuhren wir von ihm. Besonders originell fanden wir es immer, wenn er uns erzählte, wie hoch seine Daumen versichert sind. Alles zog sich zusammen, drückte er seine Zigarette im Handteller aus und steckte die Kippe anschließend in die Jackentasche.

Als Hugo plötzlich starb, tauchte am nächsten Tag ein neuer Kater bei uns auf.

Er ist schwarz, hat krumme Beine und wuschliges, geradezu struppiges Fell.

Ich habe noch nie gesehen, dass er sich putzt. Merkwürdige Grunzlaute gibt er von sich, wenn er durch den Garten geht.

Wahrscheinlich erzählt er wieder Geschichten.

Jetzt glaube ich auch an Reinkarnation, sogar in Brandenburg!

Verwandte kann man sich nicht aussuchen – eine unglaublich wahre Geschichte

Mein Name ist Otto. Ich bin ein graugetigerter Kater und ich möchte euch von dem Wunder von Besenklau erzählen.

Ich kann euch nur sagen: W a h n - s i n n !

Zehn Monate bin ich alt und ich habe einen Zwillingsbruder. Erst hieß er Leo und dann auf einmal Theo.

Wir leben auf einem ehemaligen Bauernhof, meine Mutter Ottilie und meine Oma Pauline. – Alles Grautiere!

Außerdem leben hier noch zwei Menschen, Rita und Robert. Sie sind unsere Büchsen- und Türöffner, sozusagen das Personal.

Wenn wir es gar zu bunt treiben, sagen sie immer: „Bald ist es bei uns so, wie in 'Farm der Tiere' von George Orwell. Sie sind drinnen und wir stehen draußen". Aber sie haben Tiere ziemlich gern. Sonst würden sie nicht ständig zur Tür laufen, uns rein und raus lassen, sich mit Riesenmengen Tierfutter abbuckeln und sich im Supermarkt auch noch dafür belächeln lassen. Denn wir sind nicht die Einzigen. Längst hat sich bei den Dorfkatzen herumgesprochen, dass es bei uns immer was zu holen gibt. Also treiben sich noch acht bis zehn Katzentiere auf dem Hof herum. Einige schlafen in unserer schönen Scheune.

Da gibt es eine herrliche Tenne mit Heu und Stroh und im Winter einen warmen Ofen.

Hengst Moritz, ein ganz hübscher Haflinger, frisst sich hier auch noch durch.

Er ist schon ein alter Knacker.

Der freut sich auch, wenn wir ihm mal Gesellschaft leisten.

Sein bester Freund ist Kater Theo. Der darf alles, manchmal schläft er sogar bei ihm. Wir anderen müssen ganz schön aufpassen, denn er schnappt gern. Auch getreten hat er uns schon, natürlich aus Versehen.

Nun aber zu der Geschichte von Leo-Theo:

Der war eine „Bestellung". Rita und Robert ziehen manchmal für Bekannte und Freunde kleine Katzen auf. Sie sagen, wenn wir klein sind, wären wir besonders niedlich.

Na ja, ich weiß ja nicht. Wir sind doch Raubtiere!

Theo hatte als Katzenbaby so ein ganz besonderes Fell. Silbergrau-beige sagt Rita. Die muss es nämlich wissen, schließlich hatte sie früher mal mit Mode zu tun. Zu meiner Farbe sagt sie: klassisch grau. Ja und die Frau, die ihre Bestellung aufgegeben hatte, wollte eben etwas Besonderes.

Das hatte sie nun davon!

Denn eben dieser Theo schlich sich nun aber in die Herzen der Beiden ein.

Als der Termin herankam, an dem er abgeholt werden sollte, wurde es ihnen immer trauriger ums Herz. Sie hofften, dass dieser Tag wohl niemals kommen möge. Und, was soll ich euch sagen? So kam es dann auch. Ganze vier Wochen zu spät meldete sich die Frau: „Ich möchte heute unseren Leo abholen."

Aber da hatte sie nicht mit Rita und Robert gerechnet. „Das geht leider nicht," hörte ich sie sagen. „Du bist zu spät. Jetzt geben wir ihn nicht mehr her." Da war ich ganz ihrer Meinung. Auch ich hatte mich schon ganz toll an ihn gewöhnt. Er ist zwar nicht so intelligent wie ich, aber wir können prima miteinander spielen. Manchmal hauen wir uns richtig, aber nur aus Spaß.

Er kam immer auf die verrücktesten Ideen, was man wieder anstellen könnte. Das wäre mir im Traum nicht eingefallen. Rita meint, ich war ein Spätzünder. Das kenne ich nur von Silvesterknallern. Dafür versuchte ich, ihm etwas Benehmen beizubringen, aber das misslang.

Jetzt, wo klar war, dass er bei uns bleibt, wurde er erstmal umgetauft. Von nun an hieß er Theo und wir hatten eine tolle Zeit.

Bis eines Tages ein Handwerker kam, um die Heizung zu reparieren. Mit geöffneten Türen stand das Auto den ganzen Vormittag auf dem Hof. Ich sah mir aus sicherer Entfernung an, was da vor sich ging.

Fritze, dieser dreiste Kater vom Gutshof, weißgrau gescheckt und bekannt für seine schlechten Manieren, hüpfte gleich in das Auto hinein.

Und wer sprang hinterher? Mein Theo!

Ich sah das Drama schon kommen. Kaum war Herr K. fertig, knallte er die Türen zu und fuhr vom Hof.

Weil ich mich immer verdrücke, wenn fremde Menschen auf unserem Hof herumwuseln, habe ich nicht mitgekriegt: Sind diese Dummköpfe auch wieder herausgesprungen oder sind sie mitgefahren? Alle beide oder nur einer? Ich war ganz schön durcheinander. Jedenfalls dachte ich:

Na, schön dumm! So ein gutes Fressen und so schöne warme Plätze muss man erst einmal finden. Von anderen Katzen hatte ich schon gehört, dass sie nur Kartoffeln und Soße bekommen und immer draußen schlafen müssen.

Einen Tierarzt haben sie auch noch nie gesehen. Mir gefällt das Gepiekse von dem Doktor auch nicht. Aber man soll dadurch schön gesund bleiben.

Ich bin gleich rein zu Rita. Sie war gerade mit dem Mittagessen für die Zweibeiner beschäftigt. Wie sollte ich es ihr sagen? Pausenlos schlich ich um sie herum, setzte meinen ganzen Charme ein. Erst nach dem

Essen merkte sie, dass etwas nicht stimmt. Jetzt endlich sagte sie zu Robert: „Ich glaube, Theo ist mit dem Handwerker mitgefahren."

Sie hat immer so einen Ahnimus!

Weil sie jedoch gleich fort musste, es ging um die Kohle für unser Futter, meinte er: „Ich rufe Herrn Klaffke mal auf seinem Handy an."

So: Theo war weg, Rita fuhr weg und nachdem Robert telefoniert hatte, fuhr der auch noch weg. Ich war deprimiert und legte mich auf meinen Lieblingsplatz in der Spüle. Konfliktschlaf nennt man das!

Rita war bald wieder da und was fand sie auf dem Küchentisch? Einen Zettel. Darauf stand: Fahre nach Besenklau, Theo holen!

Ach du grüne Neune! Sollte der Doofi wirklich mitgefahren sein? Die Stadt ist siebzig Kilometer von uns entfernt. Na, dann viel Glück.

Rita rannte hin und her und konnte gar nicht richtig arbeiten.

Endlich war eine Nachricht auf dem Anrufbeantworter: „Habe die Katze, aber es ist nicht Theo." Was sollte denn das nun wieder heißen? Ich verstand gar nichts mehr und drehte mich auf die andere Seite. Wach wurde ich erst als Robert endlich eintraf und erzählte, dass er Fritze, diesen Angeber vom Guts- hof, in Besenklau bei der Familie gefunden hat, die unser Handwerker als nächstes besuchte. Na, den hätte er auch dort lassen können. Der lässt hier bloß seine Muckis heraushängen und bildet sich sonst- was ein, nur weil er größer und stärker ist als wir.

Ich schnaufte einmal tief und fiel wieder in meinen Konfliktschlaf. Wo war bloß mein Bruder? Trieb er sich doch hier irgendwo herum? Oder wurde er irgendwo versehent- lich eingesperrt? Neugierig ist er ja wirklich. In der Nachbarschaft gibt es wunderbare Ställe, Garagen und Schuppen mit vielen Mäusen und interessanten Ecken zum Schnuppern. Rita hatte auch schon daran gedacht und fragte überall nach. Aber nichts!

Der Trottel war einfach nicht zu finden.

Immerzu rannten sie zur Tür und schauten zum Fenster, ob ihr geliebter Theo nun endlich kommen würde. Ich war schließlich auch noch da, aber das reichte ihnen nicht. Sie wollten ihren lieben Theo wiederhaben.

Da es auch mein lieber Theo war, suchte ich die ganze Nacht nach ihm und fand ihn auch nicht. Ich konnte gar nicht glauben, dass er zusammen mit Fritze nach Besenklau gefahren war. Er konnte ihn nämlich nicht ausstehen.

Nach ein paar Tagen, ich war schon tieftraurig, fingen meine Herrschaften an zu telefonieren, mit der Zeitung, mit der Heizungsfirma, mit der Familie M. in Besenklau, wo

Fritze sich unterm Boot versteckt hatte.

Also ahnten sie genau wie ich: Theo war nicht mehr in unserem Dorf. Hier konnte ich seine Spur auch nicht mehr riechen.

Rita hatte so ein Bauchgefühl. Ich kann euch sagen, wenn sie das hat, dann hilft gar nichts mehr, dann gibt´s action! Das kenne ich schon.

Ich glaube, sie träumt schon nachts von Theo. Ob sie auch einmal von mir träumt? Aber ich bin ja da, wenn ich auch nur traurig herumhänge. Also, was macht Rita? Sie fährt nach Besenklau am Sonntag zu Familie M. am Seilerweg. Sie sollen richtige Tierfreunde sein. Eine Katze haben sie auch.

Sie hat Plakate mitgenommen. Die hat Robert gemacht. Richtig chic sehen die aus. Er ist nämlich Grafiker und Theo sieht aus wie ein Filmstar.

Hoffentlich hat er auch genug zum Fressen. Das ist nämlich seine

Lieblingsbeschäftigung. Unsere Mutter, Ottilie von Haselthal hat uns Gott sei Dank immer gezeigt, wie das geht mit dem Mäusefangen. Insekten fangen können wir auch. Manchmal ist auch ein Vogel dabei. Robert sagt, wir erwischen nur die schwachen und kranken. Das kann stimmen, denn einige sind mir schon durch die Lappen gegangen.

Als Rita nachhause kommt, ist sie wieder ganz traurig, denn sie hat ihn nicht gefunden. Überall im Seilerweg hat sie gerufen. In der angrenzenden Wochenendsiedlung ist sie herumgelaufen. Wildfremde Leute hat sie nach Theo gefragt. Schließlich hat Frau M. versprochen, auch nach Theo zu suchen. Sogar im Tierheim und beim Tierarzt will sie nachfragen.

Jetzt habe ich schon gedacht, ob er sich vielleicht in eine schöne Katzendame verliebt hat? Von solchen Fällen hat man schon gehört.

Und was macht Rita nun?

Sie verfrachtet mich in den Transportkorb und ab geht´s zum Tierarzt mit mir. Ich bin doch gar nicht krank, nur ein bisschen deprimiert. Trotzdem werde ich gepiekst, und bevor ich einschlafe, höre ich, wie der Doktor von Kastration spricht. Na, so ein Käse! Vielleicht ist Theo deshalb ausgebüxst? Aber das glaube ich nicht. So schlau ist der nicht.

Heute war die Annonce erschienen und auch der Beitrag von einem netten Zeitungsredakteur.

Nun ging vielleicht was los. Ständig riefen Katzenfreunde an und sagten Sachen, wie:

- meine Katze ist vier Wochen im Motorraum mitgefahren, oder

- hier in Tippaus am Seerestaurant ist ein grauer Kater gesichtet worden, oder

- die Katzen fahren auch im Radkasten mit und springen unterwegs heraus, usw. usw.

Jetzt klemmen sich die Beiden noch einmal hinter den Heizungsmonteur und wollen genau wissen, welche Strecke er gefahren ist. Aber Herr Klaffke mauert und meldet sich nicht. Rita sagt: „Das ist der Einzige, der kein Herz für Tiere hat." Er hat sich noch nicht einmal gemeldet, als Fritze aus seinem Auto gesprungen war. Auch die Sekretärin von der Firma bekommt schon wieder einen Lachkrampf, als meine Herrschaften anrufen. Jetzt soll auch noch beim Einkaufszentrum eine graue Katze aufgetaucht sein und in Roecheln bei Besenklau hat sich ein Grautier im Hühnerstall einquartiert.

Wieder ein Grund für die Beiden loszufahren. Diesmal wollen sie an der gesamten Fahrstrecke Plakate kleben und überall dort nachsehen, wo Theo angeblich sein soll.

Spät abends, es war schon lange dunkel, wir haben schließlich Januar, kommen sie endlich zurück. Wieder nichts! Aber sie erzählen mir, dass

Rita noch einmal das Laubengelände durchstreift hat und dabei ein Grautier erspähte. Es war wohl ziemlich weit weg, soll aber ausgesehen haben wie mein Bruderherz. Nachdem er kurz gestutzt hatte, ist er dann gleich verschwunden. Da hat auch die ganze Ruferei nichts genutzt. „So", sagt Robert mit bitterernster Miene, „für mich ist der Fall jetzt erledigt, das halte ich nervlich nicht mehr aus, immer diese Wechselbäder von Hoffnung und Enttäuschung." Was meint er denn mit Wechselbädern?

Aber ich merke schon, in Rita bohrt etwas. Sie glaubt allen Ernstes, das wäre Theo gewesen, was sie da gestern gesehen hatte. Na, Frauen und ihre Einbildung.

Und was macht sie? Sie ruft im Hotel in Besenklau an und bestellt sich ein Zimmer, packt Katzenkorb und Lieblingswollknäuel ein, jede Menge Trockenfutter und dicke Klamotten.

Sie will sich im Seilerweg in der Dämmerung auf die Lauer legen. Wie soll das gehen? Sie sieht schon am Tage schlecht. Ich würde mitfahren, denn ich sehe in der Dunkelheit viel besser. Aber mir wird immer schlecht beim Autofahren.

Tja, was Rita sich in den Kopf gesetzt hat, das zieht sie durch. Ich kriege ein paar Streichler und ein Küsschen und dann fährt sie ab.

Heute ist Sonnabend, am Sonntag will sie wieder zurück sein.

Ich weiß gar nicht, was das alles noch kosten soll. Hoffentlich geht das nicht von dem Geld für mein Futter ab. Tieftraurig liege ich mit Robert auf dem Sofa. Diesmal halten wir gemeinsam Konfliktschlaf.

Ich träume gerade von den herrlichen Zeiten als ich mit Theo herumtoben konnte, da klingelt das Telefon. Rita ist am Apparat. „Hallo" ruft sie so laut, dass ich es hören kann. „Ich habe Theo!" Robert grunzt nur verschlafen und ungläubig. Also ich glaube es auch nicht.

Besenklau soll eine große Stadt sein mit Zigtausend Einwohnern. Da gibt es bestimmt Tausend Katzen. Wie soll man denn dort einen kleinen Theo finden, der auch noch grau ist, wenn auch graubeige?

Jedenfalls um halb acht Uhr abends ist Rita schon wieder zurück. Robert hat die ganze Zeit an der Straße gewartet und stürmt jetzt mit dem Transportkorb in die Küche. Er reißt das Türchen auf und heraus kommt ein kleiner grauer Kater, der zwar aussieht wie Theo. Aber er riecht überhaupt nicht nach Theo. Auch rennt er gleich wieder zur Tür und will heraus aus dem Haus. Dann rennt er wieder zum Fressnapf. Der benimmt sich echt eigenartig. Das kann nicht Theo sein. Ich gehe erst einmal in Deckung.

Aber meine Herrschaften bleiben dabei: Es ist Theo!

Na, wenn sie meinen. Stellt euch mal vor: Sie setzen sich auf den Fußboden und trinken ein Glas mit dem sprudligen Zeug, das es nur gibt, wenn sie etwas zum Feiern haben.

Ich betrachte das Ganze aus sicherer Entfernung. Ähnlichkeit hat er ja. Ein bisschen dünner ist er. Ständig schnurrt und mauzt er. Eins verstehe ich: Er hat Hunger, Hunger und nochmals Hunger.

Ich bleibe weiterhin in meiner sicheren Ecke und höre zu, was Rita zu erzählen hat:

Sie hatte ihr Auto mit geöffneter Kofferklappe bei den M´s vor das Haus gestellt, Katzenkörbchen, Wollknäuel und Lieblingsfutter hineingetan. Überall in der Gegend hatte sie Trockenfutter ausgestreut. Schon den ganzen Nachmittag wurde mit Frau M. gesucht und wieder alle Leute angequatscht.

Mir wäre das peinlich. Aber das tut

sie einfach. Eine Bewohnerin der Laubenkolonie hatte gemeint: „Da hinten bei dem verlassenen Grundstück sind immer viele Katzen."

Abends, als sie sich dick angemummelt in das Auto setzen wollte, dachte sie auf einmal: Ach, ich gehe noch ein bisschen herum, dann friere ich nicht so schnell.

Und sie kam auch zu der verlassenen Laube und rief:

„Theo, Theo!" Ganz viele Male. Sie kann das so richtig schön rufen. Da hat sie immer eine ganz sanfte Stimme. Auch, wenn sie „Otto, Otto" ruft, komme ich fast immer so richtig gerne.

Schließlich gibt es da etwas zum knabbern.

Plötzlich soll ein ganz jämmerliches Gemauze losgegangen sein. Erst in der Ferne, dann hat sie wieder gerufen. Na, ihr wisst ja: „Theo, Theo!" Das Miauen kam immer näher, bis ein kleines graues Katzentier aus dem alten, hohen Gras hervorkam. Es sah aus wie Theo. Und als sie ihm ein paar Futterbrocken hinstreute und er sich streicheln ließ, merkte sie, es ist Theo.

Na, nun wird ja der Hund in der Pfanne verrückt!

Er ließ sich sofort hochnehmen. Ich an seiner Stelle wäre etwas vorsichtiger gewesen.

Aber er ist nun mal nicht sehr helle. Tatsächlich ließ er sich wegtragen, obwohl Rita ziemlich kräftig zu-packte. Fünfhundert Meter bis zum Auto ließ sich der faule Kerl tragen, dann fing er an zu zappeln. Familie M. stand nämlich am Auto. Da hätte die ganze Aktion noch schief gehen können. Er kannte ja die Leute gar nicht. Ein wenig grob, was sonst nicht Ritas Art ist, wuchtete sie den Blödmann ins Körbchen und zitterte erstmal am ganzen Körper.

Nun hatte sie ihn wieder, ihren R e i s e k a d e r, äh Reisekater!

Robert anrufen, das Zimmer aufgeben, von Familie M. verabschieden, das war alles eins. Natürlich hat sie gleich brühwarm den Frauen im Hotel die Story von Theo erzählt. Die wollten wissen, warum sie auf einmal gar kein Zimmer mehr brauchte. Endlich ging es ab nachhause. Unterwegs soll sich Theo auch ganz komisch benommen haben. Erst hat er gleichzeitig gejammert und geschnurrt, dann hat er gepennt und geschnurrt. Völlig erschöpft soll er gewesen sein. Ich würde ja eher sagen k.o.! Aber für Rita war er eben erschöpft. Sie soll immer mit ihm gequatscht haben, um ihn zu beruhigen. Vielleicht wollte sie sich auch selbst beruhigen.

So: Das ist also das Wunder von Besenklau!

Robert hat gesagt, ein ähnliches Glücksgefühl hätte er bisher nur bei der Wende 1989 gehabt.

W a h n s i n n !

Ich würde mich ja anders ausdrücken. Jedenfalls haben wir uns wieder angefreundet. Nach ein paar Tagen roch er auch wieder wie Theo. Mit dem Fressen hat er es einige Zeit noch ganz schön übertrieben. Ständig saß er am Fressnapf und schlief sogar beim Fressen ein.

Jetzt kuscheln wir wieder schön zusammen und kämpfen miteinander, einfach so aus Quatsch. Nun muss auch Theo zum Tierarzt wegen der Eier. Das soll uns am Haus halten. Na, wenn die wüssten. Wir machen sowieso was wir wollen.

Das sieht man ja an Theo!

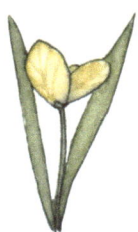

Paula Seidenfell

Paula wird für uns immer ein Mythos bleiben.

Als wir sie im unwirtlichen Stall der Nachbarin einfingen und sie uns fauchend widerstrebte, war sie vielleicht zehn Wochen alt.

Ihr Bruder Leo war ein süßes, schwarzweiß gezeichnetes Katerbaby. Leider war die Freude an ihm nur sehr kurz. Eines Morgens kam Robert mit Tränen in den Augen an mein Bett und sagte: „Leo ist tot."

Ein an die Wand gelehnter Kalkkasten hatte ihn erschlagen.

Von diesem Moment an vollzog sich eine Veränderung in Paulas Verhalten.

Unmittelbar nach dem schrecklichen Geschehen ging sie mir nicht mehr von der Seite, schnurrte und beleckte mich mit einer Intensität, die wir bisher noch nicht erlebt hatten. Sie schloss sich uns nun stärker an, wurde viel zutraulicher, ohne ihren stolzen und freiheitsliebenden Charakter aufzugeben.

Auf einem Bauernhof zählte damals ein Katzenleben nicht viel. Deshalb wurden wir auch oft von den Nachbarn belächelt, wenn wir uns um Paula sorgten, nach ihr suchten und sie laut riefen. Jedes Jahr gebar sie mehrmals junge Kätzchen.

Sie wartete damit immer, bis wir am Wochenende wieder aufs Land kamen.

Sie fraß schnell ein paar Happen und dann mussten wir ihr schon das Körbchen bereiten. – So war es immer.

Das steigerte sich später noch. Am liebsten wollte sie nun in unser Bett und wir sollten unbedingt dabeibleiben.

Solange es die Natur verlangte, war sie eine hingebungsvolle Mutter. Aber sowie die Kleinen einigermaßen lebenstüchtig waren, wandte sie sich mit gleicher Intensität ihren zahlreichen Verehrern zu.

Sie war kein verhätschelter Stubentiger, sondern eine autarke Katzenpersönlichkeit. Wenn sie es wollte, verbrachte sie herrliche Kuschelstunden mit uns. So manche Nacht ließ sie uns nicht schlafen, verschnurrte und vertrampelte die so knappe Zeit bis zum Klingeln des Weckers auf unseren Kopfkissen. Aber wir liebten sie über alles und so nahmen wir es glücklich in Kauf.

Für uns war sie ein Zauberwesen, unsere erste Katze. Das ist jetzt schon viele Jahre her.

Wenn wir manchmal voller Bewunderung für sie zu unseren Freunden sagten:

„Paula ist gar keine Katze, sie ist ein verzauberter Rasierapparat" (frei nach Otto Waalkes), dann ernteten wir die unterschiedlichsten Blicke, von ratlos, über grinsend bis verständnislos.

Paula war unsere Prinzessin. Wir nannten sie Paula Seidenfell.

Unsere Angst, sie einmal zu verlieren, war riesengroß.

Eines Tages kam sie mit dicker Pfote von einem Ausflug zurück. Ich alarmierte sofort den Tierarzt. Wenn an unserem Zaun der rote Straßenbesen lehnte, wusste er, dass sein Besuch vonnöten war.

Da sich seine Erfahrungen eher auf Rinder und Schweine bezogen und er in die Welt der Katzen noch nicht vorgedrungen war, legte er ihr einen Gipsverband an.

Völlig verstört über diese Behinderung, entwischte sie mir in den Garten und floh in merkwürdiger Manier auf drei Beinen. Auch wir hatten keinerlei Erfahrung mit Katzen.

Plötzlich wurde mir klar, dass sie als Freigängerin viel besser ohne Verband zurechtkommen würde. Also musste er wieder herunter.

Noch lange hatten wir die Schweiß-
abdrücke ihrer Pfötchen auf dem
Küchentisch von dieser nerven-
aufreibenden Prozedur.

Wie so oft hatten wir mal wieder
dazugelernt. Die Stammutter all
unserer späteren Katzen musste
genau wie wir Lehrgeld zahlen.

Sie war die schönste Katze, die
wir jemals hatten, graugestromt
mit dem typischen M auf der Stirn.
Eine königliche Haltung und ein
edler Charakter zeichneten sie aus.
Ihr reservierten wir unser Schlafzimmer. Sensibel duldete sie keinen
ihrer Nachfolger dort. Wir bereiteten
ihr herrliche Kuschelecken.

Sie durfte alles. Seidenkissen, die
geerbte Klöppeldecke, sogar ein
Platz am Spülbecken waren für sie
erlaubt.

Aufregend war für mich am Freitag-
abend die Fahrt zum Wochenend-
grundstück. Würde sie sofort da
sein? Wenn sie mal wieder nicht

erschien, hatten wir die schlimmsten Fantasien. Obwohl wir wussten, dass sie inzwischen eine erfahrene Katze mit außergewöhnlicher Intelligenz war, gaben wir keine Ruhe, bevor sie nicht endlich auftauchte.

Unsere Nachbarn, richtige Bauern, ausgestattet mit viel Herzenswärme, hatten einen rumpeligen Dachboden. Der gefiel Paula sehr gut, denn Seidenkissen und duftende Kaschmirpullover hatte sie zuhause. Als sie eines Tages mal wieder nicht zu finden war, sagte Robert nur lakonisch:

„Wenn du deine Paula suchst, die liegt bei Klara auf dem Boden in der Lumpenkiste!"

Heute glaube ich fast, dass unsere starke Liebe und Fürsorge ihr manchmal auf die Nerven ging.

Da sie häufig hustete, machten wir uns eines Tages mit ihr auf den Weg nach Berlin in die Uniklinik.

Professor Wach kümmerte sich rührend um sie.

Er stellte fest, dass sie irgendwann einmal eine Lungenentzündung durchgemacht hatte. Nach entsprechender Behandlung erholte sie sich gut, blieb aber immer die zarte, mäklig fressende und ab und zu kränkelnde Katze.

Oft schlief sie auf meinem Kopfkissen so raumgreifend, dass ich am nächsten Morgen ganz verspannt war. Das nahm ich gern in Kauf, denn ihre Nähe tat einfach gut. Manchmal legte sie sich auf meine Brust, das Köpfchen ganz nah an meinem Gesicht und wir schliefen im selben Atemrhythmus. Wenn wir morgens erwachten, spürte ich unser beider Schweiß.

Noch heute, Jahrzehnte nach Paulas Verschwinden, ist dieses Gefühl abrufbar.

Eines Tages war es mal wieder so weit, Paula sollte werfen. Diesmal sagten wir uns, wer weiß, wie lange sie noch Junge bekommen kann. Wir werden eine Kronprinzessin aufziehen. Ein kräftiges Graues sollte die Dynastie fortsetzen.

Jessy. Es erlebte seine ersten Wochen auch in unserem Schlaf-zimmer. Doch Paula ließ das Katzen-baby nicht so lange trinken, wie sonst üblich. Es war früh auf sich gestellt. So sollte es dann mit den anderen Katzen leben, die auch noch zu uns gehörten. Das waren Rosa und Lotte. Sie haben ihre eigenen Geschichten. Während diese Beiden die Privilegien von Paula respek-tierten, dachte Jessy überhaupt nicht daran. Sie fand heraus, dass man über das benachbarte Rosenspalier sehr gut auf unser Hausdach und somit ins Schlafzimmer gelangen konnte. Paula war damit überhaupt nicht einverstanden. Das Ganze war aber auch schwer zu verhindern. Wir wollten weder bei geschlossenem Fenster schlafen, noch die kleine

Katze einsperren. Paula war empört und verließ immer häufiger ihren angestammten Ort für längere Zeit. Mal duldeten sie einander. Dann wieder zog sich Paula wegen Jessys Dreistigkeit zurück und verschwand für Tage. Tieftraurig saßen wir herum. Auch auf die Gefahr hin, uns bei den Dörflern lächerlich zu machen, verfassten wir Anschläge und riefen sie bei Tag und Nacht. Wie selbstverständlich kam sie mal nach vier Tagen, später nach acht Tagen wieder ins Haus gehuscht. Der Rekord lag bei vierzehn Tagen. Aber was sollten wir tun? Wir wollten sie auf keinen Fall einsperren. Ihren stolzen Charakter zu brechen, wäre für uns undenkbar gewesen. Wir wussten inzwischen: Katzen muss man loslassen können.

Und so geschah es an einem 1. Oktober.

Wir fuhren in die Stadt. Paula wollte in den Garten und sie kehrte niemals wieder.

Wochen- ja monatelang riefen und suchten wir sie. Wir hatten von Fällen gehört, wo Katzen nach Monaten bzw. nach Jahren wiederkamen. Bis wir es schließlich aufgaben, zu rufen. Jedoch haben wir immer eine kleine Hoffnung behalten, sie könnte eines Tages zurückkehren.

Wir hatten von Katzen gehört, die 20-25 Jahre alt geworden sind. Vielleicht öffne ich eines Abends das Fenster und unsere Prinzessin kommt, als wäre nichts gewesen, herein und inspiziert die Fressnäpfe.

Übrigens während ich dies schreibe, liegt die dreiste Jessy mit ihrer ganzen Breite auf dem kleinen Schreibplatz meines Sekretärs, und ich muss mich wieder verrenken.

Aber das tue ich gerne.

Amour fou

Es war Liebe auf den ersten Blick. Er sieht toll aus, besonders fasziniert mich seine Haarfarbe, aber vor allem sein gutartiges Wesen. Gleich zog er mich magisch an.

Als er es vorzog, in eine andere Stadt zu ziehen, fuhr ich ihm hinterher und suchte ihn. Schließlich kehrte er mit mir in mein Haus zurück.

Von nun an sind wir unzertrennlich. Tagsüber schmusen wir so oft es geht miteinander. Nachts schlafen wir aneinandergeschmiegt voller Liebe.

Geht es mir einmal nicht so gut, spürt er es sofort und widmet mir noch mehr Aufmerksamkeit. Jedes Niesen oder Husten schreckt ihn auf und er quittiert es mit einem Seufzer. Er ist so ein Kerl, mit dem man alt werden möchte. Heiraten werden wir nicht können, denn er hat keine Papiere. Mein Kater Theo !

Warum Bert in die Sauna geht

Ernis Bruder Bert, erst ein halbes Jahr alt und auch zugelaufen, kam eines Tages mit einer schlimmen, schon eiternden Wunde an.

Das ganze Bein war so dick, dass wir beschlossen, sofort mit ihm zum Tierarzt zu fahren. Dort ließ er alle Prozeduren vertrauensvoll über sich ergehen. Zur Belustigung der Tierärzte schnurrt er immer auf dem Behandlungstisch. Nun musste er einen Plastikkragen tragen. Im Haus konnten wir ihn nicht stationieren, weil die dort lebenden Katzen ihn schon vor der Verletzung heftig bekämpft haben, so wie sie es mit allen Neuankömmlingen tun.

Deshalb wurde die Sauna zu seinem Krankenzimmer. Mehrmals am Tag musste die Wunde versorgt werden. Er erwartete mich schon freudig und nahm alles schnurrend hin.

Drei Wochen dauerte die Behandlung, bis er vom Kragen befreit werden konnte und endlich wieder in die Freiheit entlassen wurde.

Aber die Sauna war nun fest in sein Gedächtnis eingegraben und so gab er uns vehement zu verstehen:

Dieses Privileg möchte ich auch als gesunder Kater haben!

Unseren wöchentlichen Saunabesuch hat er fest in seinem Katzenkalender gespeichert. Pünktlich steht er vor der Tür, nimmt seine Extraportion Futter ein und genießt das „Gekämmtwerden" in den Saunapausen.

Seine innere Uhr sagt ihm, wann die gewohnten Riten beendet sind, und er verlässt die Sauna ohne uns eines Blickes zu würdigen.

Am liebsten legt er sich dann mit den größten Katern an. Da er selbst recht klein geraten ist, springt er ihnen notfalls auf den Rücken und geht immer als Sieger hervor.

Daraus folgt: Sonderbehandlung stärkt das Selbstbewusstsein! Oder?

Jessy

Es ist jetzt schon über eine Woche her, seitdem es passiert ist.

Jessy ist tot!

Bis heute will es in meinen Kopf nicht hinein. Immer wieder durchzuckt mich der Schmerz über den plötzlichen Verlust wie ein Blitz.

Nach einer wunderschönen Reise durch England, nach traumhaften Wanderungen an der Ostküste, auf den Klippen von Wales und auf Cornwalls sanften Hügeln, kehrten wir freudig und angefüllt mit schönen Erlebnissen nach Hause zurück.

Wie immer lief ich als Erstes in den Garten, um alle Katzen zu rufen. Cleo und Rosa kamen sofort, Lotte und Jessy fehlten. Auch als ich weiter entfernt vom Haus rief und rief, kamen sie nicht. Nun dachte ich, sie werden schon kommen. Besonders Jessy ließ sich immer etwas länger bitten. Also ging ich ins Haus.

Auf dem Tisch lag ein Brief von Evelin und Yves. Sie hatten während unserer Abwesenheit das Haus gehütet. Der Brief begann mit den Worten: „Unsere Ankunft war durch Jessys Tod sehr traurig..."

Mich traf es, als hätte mir jemand einen Dolch in den Magen gestoßen.

Ich habe sie abgöttisch geliebt. Im Laufe der Zeit hatten sich Riten herausgebildet, die es nur zwischen Jessy und mir gab. Sogar mit Paula, der fantastischsten aller Katzen, war es anders. Sie war nicht sterilisiert und schloss sich uns nicht so an. Sie liebte ihre Freiheit mehr als uns.

Eigentlich begann es damit, dass Jessy ins Allerheiligste vordrang, das nur ihrer Mutter Paula vorbehalten war. Sie kam unaufgefordert über das Dach in unser Schlafzimmer und trug damit auch dazu bei, dass Paula sich dort nicht mehr so wohl fühlte.

Als Paula dann für immer verschwunden war, galt die obere Etage als Jessys Reich. Sie war die einzige sterilisierte Katze im Haus und somit die letzte in der Hackordnung. Das bedeutete: sie wurde von den Anderen attackiert.

Deshalb setzte sie auch öfter mal eine Marke, um zu demonstrieren: „Hier wohne ich!" Den ganzen Tag schlief sie in unserem Bett, wollte nicht nach draußen. Also trugen wir sie in den Garten, denn irgendwann muss auch die blasenstärkste Katze einmal. Pünktlich um 0.30 Uhr kam sie unter Zuhilfenahme eines Rosengitters wieder in unser Schlafzimmer. Als Bärchen, unser Nachbarkater starb, fühlte sie sich nicht mehr ganz so bedrängt und ging jetzt häufiger freiwillig hinaus. Vor dem Schlafengehen rief ich sie immer solange, bis sie endlich kam. Sie fraß ein paar Brocken, putzte sich auf dem Fensterbrett und legte sich dann auf mein Fußende.

In der Nacht kam sie oft auf meine Brust oder auf meinem Bauch, um zu schmusen oder wir schliefen Arm in Arm. Manchmal wollte sie vehement unter meine Decke, leckte kurz zweimal meinen Arm und schlief dann eng an mich geschmiegt ein. Diese Angewohnheit hatte sie schon als Katzenbaby.

Eines Tages beobachtete ich sie bei einem herrlichen Spiel in der Scheune. Sie kletterte trotz ihrer Körperfülle behände einen schrägen Stützpfeiler empor und sprang von dort in einen Heuhaufen, rannte die Treppe herunter, um erneut den Pfeiler zu erklimmen und wieder in das Heu zu springen. Vier bis fünf Mal nacheinander hat sie sich so bestens amüsiert.

Als unsere Freunde an jenem Freitag ankamen, um die Betreuung von Haus, Hof, Katzen und Pferd zu übernehmen, fanden sie Jessy tot an der Stelle ihres Spiels. So schmerzlich es für mich ist, tröste ich mich damit, dass sie vielleicht in einem Glücksmoment voller Übermut verunglückt ist.

Für mich jedenfalls ist sie unwiederbringlich. Ihr weiches, dickes Fell, grau getigert mit rötlichen Abstufungen, die schwarzen, samtigen Pfoten, riesige Augen, die wunderbare rehbraune Nase, die stark ausgeprägten Schnurrhaare, ihr immer etwas ängstlicher Blick, ihre verspielte Art.

Zum Beispiel, wenn sie mich in den Nelken lauernd beim Vorbeigehen „überfiel" und im Sommer durch die hohen Cosmeen flitzte oder mit einem Stück Borke wie mit einer Maus spielte. Sie wird nun nicht mehr an der Treppe sitzen, wenn ich hochkomme und mit einem kleinen Satz zur Seite ihre Freude ausdrücken. Sie wird auch nicht mehr das Fressen kritisieren, indem sie es andeutungsweise zuscharrt, den Kopf schüttelt und auch noch mit den Hinterpfoten ihre Abneigung signalisiert.

Weißer Riese

Sie wollen mich partout nicht im Haus haben und nennen mich Weißer Riese.

Ich habe sie mir ausgesucht, als ich eines Tages, weit weg von zuhause, ausgesetzt wurde.

Es gibt eine große Scheune. Einige Katzen haben sich bereits hier eingefunden. Futter haben sie reichlich. Sogar ein warmes Plätzchen im Winter befindet sich hier, dort wo der Heizkessel steht. Am besten aber geht es den Hauskatzen. Ich bekam schnell mit, dass deren Futter noch abwechlunsgsreicher ist. - Leckerli hier, Leckerli dort.

In diesem Haus will ich auch leben.

Also setze ich mich ständig vor die Haustür in der Hoffnung, sie lassen mich herein.

Vielleicht hilft es, wenn ich ein bisschen mit den Bevorzugten stänkere. Ab und zu verpasse ich dem dicken

Theo einen ordentlichen Hieb, dann wieder jage ich den schönen Otto auf die Bäume oder ich lauere der Anführerin der Hauskatzen, der kämpferischen Pauline auf. Das wiederum gefällt meinen Herrschaften, genannt Rita und Robert, nun aber ganz und gar nicht.

Allerdings wundere ich mich über Roberts plötzliches Interesse an mir.

Läuft er doch neuerdings mit einem bunten, gewehrähnlichen Gegenstand hinter mir her, aus dem Wasser herausspritzt.

Der glaubt doch nicht im Ernst, dass ich mit ihm spiele.

Ich jage lieber Falter und Mäuse und ab und zu auch die eingebildeten Hauskatzen.

Yogibär

Kater Theo liebt es, vor allem im Winter, im Badezimmer zu leben.

Auf den warmen Fliesen lässt es sich herrlich schlummern.

Ein weiterer Luxus ist für ihn das kleine Fenster mit gemütlichem Sitzplatz, von dem aus er die Vögel beobachten kann. Denn im alten Fliederbusch hängen Meisenknödel und somit herrscht dort geschäftiges Treiben. Sind die Meisenknödel verspeist, wird durch Robert mit den Worten: „Das Vogelfernsehen hat weder Bild noch Ton" zum Nachfüllen aufgefordert.

Höhepunkt des Tages ist allerdings das Erscheinen seiner Tür- und Büchsenöffnerin Rita.

Sie rollt hier allmorgendlich ihre Yogamatte aus, um den Sonnengruß und ein paar andere Verrenkungen zu machen.

Nachdem es Theo anfangs sehr

gestört hatte und er nicht weichen wollte, macht er nun auch Yoga.

Streckt sich ausgiebig neben Rita, rollt sich von einer Seite auf die andere, vernachlässigt auch nicht die Atmung. Bis mittags muss die Matte dann mindestens liegen bleiben, denn er ist natürlich erschöpft.

Was er dann träumt?

„Jetzt fahre ich erstmal nach Indien. Ich möchte genau studieren, wie man das macht mit dem Yoga. Vielleicht lasse ich mich dort auch richtig ausbilden von einem weisen Yogi. Wenn ich dann ein erfolgreicher Yogalehrer bin, schreibe ich ein Buch und werde reich, wie …"

Mein großer Freund

Sie nennen mich Theo.

Auf einem ehemaligen Bauernhof bin ich aufgewachsen, behütet von Rita und Robert.

Mein Bruder Otto ist immer an meiner Seite bis heute. Als wir noch ganz klein waren, kuschelten wir uns immer ganz eng aneinander. Denn unsere Mutter, Ottilie von Haselthal, hat uns zwar immer toll versorgt. Aber es zog sie auch bald wieder in die große weite Welt hinaus. Schließlich warteten die Kater der Umgebung vor dem Haus, denn es hatte sich herumgesprochen, dass sie bild-schön war.

Auch die Jagd auf Mäuse und anderes Getier konnte sie nicht lange entbehren.

Bald machten wir die ersten Schritte vor die Tür. So entdeckte ich eines Tages hinter der Scheune ein riesiges braunes Tier. Nach dem ersten

Schreck, fing ich an, mir diese neue Welt dort hinten genauer zu betrachten.

Wie ich aus den Gesprächen meiner Herrschaften herausfand, handelte es sich um ein Pferd. Genauer gesagt: Es war ein Haflinger. Sein Fell war mittelbraun. Er hatte eine blonde Mähne und einen blonden Schweif. An den riesigen Füßen waren blonde Locken.

Vorsichtig pirschte ich mich heran. Das musste ich mir genauer ansehen.

Er senkte seinen großen Kopf zu mir herunter und berührte mich mit seinem wunderbar weichen Maul. Das war herrlich. Aber ich legte erst einmal den Rückwärtsgang ein. Ein Tritt mit dem Huf hätte mein Ende sein können.

Von nun an besuchte ich den großen Braunen häufig und soff gern aus seiner Tränke. Jeden Tag wagte ich etwas mehr. Ich schnupperte in seinem Stall herum und tobte im Heu und im Stroh. Das war Klasse.

Manchmal hatte ich den Eindruck, dass er sich in dem kleinen Auslauf am Stall langweilte. Dann sprang ich auf den Koppelzaun und spielte mit ihm Fangen. Er galoppierte neben mir her. Das machte uns beiden großen Spaß.

Oft bekam ich einen Schubs und war unten. Aber es blieb immer ein Spiel. Wir verstanden uns ohne Worte.

Andere Katzen duldete er in seinem Auslauf nicht, die jagte er wie der Blitz.

Häufig stand er auch auf den umliegenden Wiesen. Dort fraß er das saftige Gras, die dicken Löwenzahnblüten und die anderen duftenden Kräuter.

Ab und zu naschte er auch von dem Johanniskraut. Davon wurde er ganz müde, zog ein Bein an und schob die Unterlippe etwas vor. Er konnte im Stehen schlafen. Da sah ich, dass er wunderbar lange Wimpern hatte.

Von Zeit zu Zeit musste er auch arbeiten. Dann pflügte oder eggte er mit Robert unser kleines Feld. Mit dem Wagen ging es in den Wald, um Holz zu rücken oder es für unsere Heizung nachhause zu holen.

Am schönsten waren für ihn wohl die Ausritte mit Robert über die Felder und Wiesen oder in den Wald. Sehr gern badeten die Beiden im nahen See.

Er machte auch ganz schön viel Arbeit. Täglich mussten Rita und Robert ausmisten, Stroh einstreuen, füttern und striegeln.

Einmal im Jahr brachte ein netter Bauer einen riesigen Traktoranhänger voller Heu und Stroh. Das musste dann auf die Tenne gestakt werden.

Moritz Höhepunkt im Jahr war sein Auftritt zum Erntefest. Prächtig wurde der Wagen von Rita geschmückt und der Haflinger bekam ein paar Blüten hinter das Ohr gesteckt. Auf dem Pferdewagen nahmen Gäste Platz.

Moritz, der sonst ein richtiger Rüpel sein konnte, denn er war immer noch ein Hengst, zeigte sich beim Erntefest von seiner allerbesten Seite. Sein Platz war hinter dem ersten Traktor, der die Erntekrone trug und hinter dem Spielmannszug. Da war es laut und manchmal krachte und puffte es gewaltig.

Wenn er diesen Auftritt absolviert hatte, kehrte er immer sehr stolz auf den Hof zurück.

Seine wilden Seiten zeigte er bei anderen Gelegenheiten. Ein paar Mal ist er ausgebüxt. Einmal ist er sogar mit dem Wagen bei den Nachbarn durch den, Zaun galoppiert, sozusagen durchgegangen.

Beim Hufebeschneiden hat er immer mächtig herumgezickt. Vielleicht war er kitzlig? Als der Hufschmied mal wieder zur Tat schreiten wollte und Robert noch nicht zuhause war, meinte er: „Ich hole ihn schon mal von der Weide."

Rita entgegnete: „Ich traue mir das nicht zu, mir hat er fast schon einmal den Arm ausgekugelt." Aber Gerhard hörte nicht auf sie. Er nahm ihn an die Leine und haste nicht gesehen, lag er auf der Erde und wurde von Moritz über die Koppel geschleift. Das hätte böse ausgehen können.

Soviel ich weiß, kam Moritz im Alter von drei Jahren zu uns. Vorher lebte er bei den Nachbarn. Die hatten keine Zeit für ihn und auch wenig Erfahrung, wie man mit einem Pferd umgeht. Aus Mitleid versorgten Rita und Robert ihn schon, als er noch nebenan stand. Auch ritt Robert manchmal mit ihm aus.

Eines Tages fragten sie die Nachbarn, ob sie Moritz kaufen könnten. Er sollte es bei ihnen besser haben, denn sie hatten ihn inzwischen schon richtig liebgewonnen und mehr Zeit hatten sie auch. Und so war es dann auch. 36 Jahre ist er alt geworden.

Zuletzt konnte er nicht mehr so gut fressen. Jetzt wurde ein spezielles Futter gekauft. Das waren Heupellets, die eingeweicht wurden und dann herrlich dufteten. Pülverchen zur Stärkung kamen auch noch dran. Sogar Ringelblumentee kochte Rita für ihren guten Braunen. Mehrere Ärzte schauten öfter nach ihm. Alle machten ihm das Alter so erträglich wie möglich. Sogar eine Homöopathin und Pferdeflüsterin hatten sie für ihn engagiert.

Aber es half alles nichts. Sein Leben war zu Ende. Als eines Tages der Tierarzt kam, um ihn einzuschläfern, kuschelte ich mich in der Küche in Ritas Arme und wir zerdrückten gemeinsam ein paar Tränen.

Nun hat er sein Grab im ehemaligen Auslauf an seinem Stall. Rita hat ein paar Rosenbüsche auf seine Asche gepflanzt.

Während sie dies aufschreibt, liege ich auf dem Papier vor ihr und wir denken an unseren großen Freund.

Mario, der Maler
– ein richtiger Zauberer

Wie ich zu meiner Lieblingsfeindin kam und was das mit Zauberei zu tun hat, will ich Euch jetzt erzählen:

Mein Name ist Pauline von Haselthal. Ich bin die schönste weit und breit.

Eines Tages bekamen Rita und Robert mal wieder Besuch aus der großen Stadt. Ich hörte, wie Yvette und Eddi von ihrem fleißigen Maler schwärmten. Der würde so perfekt arbeiten, dass man anschließend kaum zu putzen brauchte. Den wollten sie auch engagieren. Mir allerdings gefiel der Gedanke gleich nicht. Handwerker verbreiten immer so eine Unruhe und bringen alles durcheinander. Plötzlich sind die schönsten Plätze besetzt oder verstellt. Außerdem haben unsere Herrschaften dann immer wenig Zeit für uns.

Die Versorgung lässt dann manchmal auch zu wünschen übrig.

Mario ist im Süden unseres Landes zuhause, wo man T wie D, K wie G und P wie B spricht.

Als er nun kam, um sich vorzustellen und nachzusehen, wieviel Arbeit es bei uns gibt, erzählte er viel von seiner Katze „Bundi", auf Deutsch „Bunti"!

Denn als er uns alle sah in unserem Paradies in Haselthal, konnte er gar nicht anders.

Ich gehöre zu den Bevorzugten, die im Haus leben dürfen. Wir stammen alle von Paula ab und sind grau-getigert. In der Scheune haben sich noch ein paar arme Kreaturen eingefunden.

Na, solange sie meine Kreise nicht stören, dürfen sie dahinten bleiben. Allerdings habe ich eine Grenze fest-gelegt, wenn sie die überschreiten, gibt es Keile.

Eines schönen Tages kreuzte nun Maler Mario auf mit seinem Trans-porter, um zur Tat zu schreiten.

Er brachte einen Kasten Bier mit, damit er den Staub vom Malern herunterspülen konnte. Dann übergab er noch eine ganze Palette mit richtig teurem Katzenfutter. Rita und Robert staunten nicht schlecht.

Drei Tage dauerte die Störung, dann hatte er fertig.

Es sah ja ganz nett aus, so schön weiß. Meine Herrschaften waren verzaubert. „So wenig Schmutz und so ein schönes Zimmer!" sagten sie und zückten das Portemonnaie.

Der Maler fuhr glücklich in das Land mit der seltsamen Aussprache zurück.

Aber Mario konnte noch mehr zaubern.

Deshalb sah ich plötzlich bei der Scheune etwas weißes Großes leuchten mit bunten Flecken. Ein Riesenkaninchen war es nicht. Es war eine bunte Katze.

Na prima, noch ein Fresser mehr. Was mich außerdem noch beunruhigte, war ihr außergewöhnliches Aussehen. Sie konnte mir den ersten Rang als schönste Katze abspenstig machen. Das würde mir aber nun zu bunt werden. Also erklärte ich sie zu meiner Feindin.

Rita und Robert entdeckten sie bald und meinten auch sofort: „Das kann doch nur die Bunti von Mario sein!" Aber ganz genau wussten sie es nicht. Sie steckten kurz die Köpfe zusammen und riefen den Tierarzt an. Sie wollten vermeiden, dass hier noch mehr kleine bunte Katzen herumwuseln. Also: Kastration!

Am nächsten Tag fuhr Robert mit ihr weg und kam schneller zurück als gedacht. Ich tat so, als würde ich die Vögel im Futterhaus beobachten, vielmehr jedoch interessierte mich, was Robert zu berichten hatte, nämlich:

Nachdem der Tierarzt die Fremde in Narkose gelegt hatte und begann, ihren Bauch zu rasieren, entdeckte er eine große Narbe und sagte:

„Also, wenn die nicht kastriert ist, fresse ich mein Skalpell!"

So fuhr Robert mit der Bunten wieder nach Hause. Von nun an lebte sie bei den anderen Zugelaufenen und fraß mit ihnen um die Wette. Ich sah mir das aus der Ferne an. Kam sie zu nahe, verpasste ich ihr einen Hieb mit meinen scharfen Krallen. Sie wurde immer dicker, besonders am Bauch. Nach acht Wochen purzelten fünf buntgescheckte Kätzchen ins Heu. Mein Lieblingsherrchen tobte und rief den Tierarzt an:

„Jetzt müssen Sie ihr Skalpell fressen, Bunti hat geworfen!"

Also fuhr er wieder hin. Der Doktor schaute nach und fand nach langem Suchen die Eierstöcke. Da hatte ein Kollege wohl vorzeitig aufgegeben. Vielleicht wollte Mario sie deshalb loswerden.

Jetzt habe ich ein Problem mit der schönen Bunti und mein Thron in Haselthal wackelt.

Batman

Immer, wenn ein Katzenleben beendet ist, verspüre ich das Bedürf-
nis, dieses Leben zu skizzieren, um
meinen Schmerz zu bewältigen.

Sicherlich sind Geschichten zu
Lebzeiten der Katzen notiert fröh-
licher, aber auf jeden Fall wären sie
unvollständig. – Dass der Tod unaus-
weichlich zum Leben gehört, musste
auch ich erst lernen. So traurig der
Anlass ist, wieder eine neue Katzen-
geschichte zu schreiben, so heilsam
ist es auch.

Viel zu kurz war das Leben von
unserem „Wunschkind" Rudi. Als ihn
Lotte als einziges Kätzchen bei ihrem
allerletzten Wurf brachte, waren wir
uns sofort einig: Der einsame kleine
Kater in dem großen Korb sollte
überleben.

Er war schon ein sehr eigenes Ge-
wächs. Durch seine Besonderheiten
hat er uns so viel Freude gemacht.

Allein seine Augen, unverwandt durch uns durch blickend, etwas machohaft, waren einzigartig und sprachen eine ganz besondere Sprache. Bedingt durch die Kastration schloss er sich uns sehr stark an. Diese Ambivalenz machte ihn auch etwas geheimnisvoll, und wir mussten mal wieder erkennen:

Eine Katze besitzt man nicht wie einen Hund, eine Katze beehrt den Menschen durch ihre Anwesenheit.

Als erste unserer Hauskatzen nahm er den Weg in den Garten meist durch das angekippte Fenster. Die Anderen taten es ihm später gleich. Fast wäre es für Pauline tödlich ausgegangen. Denn das ist eine gefährliche Angelegenheit.

Auch hatte er eine Affinität zu Wasser. Ging ich mit der Gießkanne durch den Garten, sprang er nebenher und versuchte, den Wasserstrahl zu erhaschen. Das für die Pflanzen bereit stehende Wasser schlürfte er genüsslich und verschränkte dabei elegant eine Pfote.

Sein Fell war schwarz. Hier und da zeigten sich einzelne weiße Haare gleichmäßig verteilt. Das ließ ihn sehr edel aussehen. Sein schmaler, sehr ausgeprägter Kopf hatte eine weiße Maske. Er war sehr hoch gewachsen, schlank mit starkem Knochenbau. Mutig legte er sich mit den fremden Katern an, liebte Nüsse. Häufig versteckte er sie in einem lustigen, eleganten Spiel unter der Teppichkante und freute sich, wenn er sie später wieder fand.

Wenn wir Urlaub machten, hüteten liebe Freunde Haus und Katzen. Sie waren von seinem Spiel mit den Nüssen so begeistert, dass das beste Fernsehprogramm keine Chance mehr hatte.

Um dem Geheimnis der Vogel- stimmen auf den Grund zu gehen, kaufte ich eine CD, mit deren Hilfe man lernen konnte, diese näher zu bestimmen. Fasziniert von diesem Gezwitscher, saß er vor dem Lautsprecher und sein Köpfchen ging aufgeregt hin und her.

Nie werde ich vergessen, wie lieb er mich bei den täglichen Gartenrundgängen begleitete. Häufig blieb ich stehen, um die Fortschritte der Pflanzen zu bewundern. Auch er verharrte geduldig, schnupperte hier und scharrte da, ohne mich aus dem Auge zu verlieren und mir beim ersten Schritt weiter zu folgen.

Nach einem intensiven Gartenarbeitstag erholte ich mich meist auf dem Sofastammplatz. Rudi wartete schon darauf, diesen mit mir zu teilen und schlief dann total entspannt auf meinem Schoß bis zum Aufbruch ins Schlafzimmer. Selbst todmüde schleppte ich den schweren Kerl nach oben, bis zur Dämmerung blieb er in unserem Bett. Auch hier wollte er stets Körperkontakt. Wen von uns Beiden er mit seiner Anwesenheit beglückte, wie lange und warum er nach einigen Tagen oder gar Wochen zum Anderen

wechselte, wird mir immer rätsel-
haft bleiben.

Als wir einmal in einer heftigen Ehe-
krise steckten, spürte Rudi dieses
und versuchte, zu vermitteln,
indem er zwischen uns hin und her
lief und mit uns Beiden köpfelte.
Dabei flogen weder Tassen noch Teller
und es fielen auch keine lauten Worte.
Er spürte es einfach. Ein Stück weit
ist es ihm auch gelungen, denn die
Liebe zu den Katzen ist etwas, das
uns verbindet. Einige Katzen waren
fünfzehn bis achtzehn Jahre bei
uns.

Eines Tages stand Rudi mal wieder in
voller Größe auf seinen Hinterbeinen
am Fenster, um zu signalisieren:
Ich möchte herein. Da meinte unser
Nachbar: „Batman kommt.“

Dieser herrliche, große Kater mit
seiner bizarren Zeichnung vor dem
dunklen Abendhimmel hatte schon
etwas Mystisches.

Eines Sonnabends im Oktober, ich kam freudig vom Markt zurück, weil ich mal wieder alle Blumensträuße verkauft hatte, war das Schreckliche geschehen.

Rudi wurde auf der Dorfstraße überfahren. Mein Mann hatte ihn gefunden. In Tränen aufgelöst erzählte er mir davon und meinte, dass er wahrscheinlich nicht leiden musste und sofort tot war.

Vielleicht hat er mal wieder das fremde, junge Kätzchen gejagt, dass seit kurzem von gegenüber zu uns kam.

Zum Schluss ein Märchen

Es war einmal eine Prinzessin, die wurde von ihren Eltern nicht besonders geliebt. Ihr zweites Kind, den Prinzen liebten sie über alle Maßen. Er war der Garant für den Fortbestand des königlichen Geschlechts.

Die Prinzessin, hübsch und klug fügte sich in ihr Schicksal. Sie las viel und versuchte auf diesem Weg, viel von der Welt da draußen zu erfahren. Auch hatte sie Freude daran, schöne Kleider zu tragen und beäugte oft ihr Spiegelbild, denn sie wollte gefallen.

Eines Tages, so hoffte sie, würde der Prinz kommen und sie aus dem Einerlei befreien. Mit ihm würde sie eine romantische Ehe führen und viele glückliche Kinder haben, die sie alle gleichermaßen liebte.

Die königlichen Eltern stritten häufig. So stellte sich die kleine Prinzessin die Liebe nicht vor.

Als die Zeit kam und man Bälle veranstaltete, um die Töchter unter die Haube zu bringen, begab es sich aber, dass die Freundinnen der Prinzessin bald einen Verlobten hatten. Sie aber wartete noch immer auf ihren Prinzen.

Es bewarben sich einige um sie. Sie aber fand den einen zu dick, den anderen zu dünn, den dritten zu dumm und den vierten zu klein.

Tag und Nacht hielt sie Ausschau nach dem passenden Gemahl. Denn sie wollte endlich fort aus dem Elternhaus.

Eines Tages fand wieder einmal ein Ball statt und tatsächlich bat ein Herr sie um einen Tanz. Sofort verzauberte er sie. Er war kein Jüngling mehr, hatte wunderschöne braune Augen und gab ihr sofort das Gefühl von Sicherheit und Geborgenheit.

Es dauerte nicht lange und die beiden wurden ein glückliches Paar.

Ihre Hochzeit war sehr prunkvoll. Vor allem sie war wunderschön anzusehen in ihrem langen, weißen Spitzenkleid. Hundert rote Rosen zierten ihren Brautstrauß.

Einige Jahre lebten die Beiden glücklich und zufrieden, verwalteten ihr Reich, mehrten ihre Besitztümer und führten einen großzügigen Palast.

Dann jedoch gingen die Geschäfte des Prinzen nicht mehr so gut und die Probleme wurden immer größer. Erst trank er abends ein Glas Wein, damit ihn die Sorgen nicht noch des Nachts quälten. Schließlich musste er schon morgens ein Glas trinken, um überhaupt sein Tagwerk beginnen zu können. Bald trank er den ganzen Tag. Er war krank.

Die Prinzessin litt mit ihm und versuchte immer wieder, ihm zu helfen. Aber es half nichts. Auch die herangerufenen Ärzte aus Nah und Fern waren ratlos.

Die Prinzessin, die ihren Gatten über alles liebte, war verzweifelt.

Bald konnte sie es nicht mehr mit ansehen, wie er sich veränderte und litt, wie seine Schönheit schwand und sein Charakter sich wandelte.

Letztlich wurde sie krank an ihrer Seele, fürchtete sich vor jedem Tag. Er war einfach nicht mehr der Ehemann, dem sie einmal freudig das Jawort gegeben hatte.

Da sie aber noch immer jung und lebenslustig war, schaute sie sich im Lande um. Viele lagen ihr zu Füßen, mit denen sie ihre Sorgen zerstreuen konnte und die ihr zeigten, dass sie noch immer die schöne und kluge Prinzessin von einst war. Doch sie war todunglücklich. Sie gab die Hoffnung nicht auf, dass ihr Liebster sich wieder ändern würde und sie wieder ihre Liebe feiern könnten.

Es wurde nach den besten Ärzten ausgeschickt, aber niemand konnte helfen.

Die Prinzessin musste sich trennen von der großen Liebe ihres Lebens, denn eines wusste sie. Es gab nur diesen Weg, um zu überleben.

Eines nicht so fernen Tages kam ein Bote mit der Nachricht, dass der Prinz gestorben war. Der viele Wein hatte ihn umgebracht.

Ein ganzes Jahr lang war sie sehr verzweifelt, machte sich große Vorwürfe und wachte immer wieder nachts auf, von Albträumen geplagt.

Sie konnte ihn nicht vergessen.

Das hielt ihr Leben lang an, auch als sie einen zweiten Gemahl fand.

Es fehlte ihr zwar an nichts. Jedoch schmerzte der große Verlust sie noch immer.

Einzig und allein die schöne Landschaft, in der sie nun lebte, die vielen Tiere und der herrliche Schlossgarten machten sie jetzt glücklich. Vor allem die wunderbaren Katzen spendeten ihr immer wieder Trost.

Inzwischen ist sie alt und runzelig und sie schaut sich oft die Bilder an, auf denen sie noch ebenmäßige Züge und klug blitzende Augen hatte.

Sie denkt oft an die Zeit zurück, als ihr Prinz sie für eine kurze Zeit in ein Traumland entführte.

In ihr Tagebuch schrieb sie folgende Zeilen:

Füllhorn

Garten,
Der du mir den Psychiater ersparst,
Katzen,
Ihr haltet mich fern vom Arzt,
Fülle
Von Grün und ein Strich übers Fell
Machen meine Seele hell.

für **Paula**

Rosa Ottilie Whisky
Lotte
Cleo Alfredo
Grethi Panther Erni
Bunti Fix&Foxi Mono
Mausi Bert Oskar
Micky Feli Uschi
Pauline Tarzan Harry
Bello
Finci Paule Uni
TipTip Jessy Tiger
Karlchen Charly
Moritz Silvio Theo
Donald Leo Luna
Weißer Riese
Strippe Otto Daisy
Muddi Earl Grey Rudi
Bärchen
Paule Traber

Zeitfracht Medien GmbH
Ferdinand-Jühlke-Straße 7
99095 Erfurt, Deutschland
produktsicherheit@kolibri360.de